捧 读

触及身心的阅读

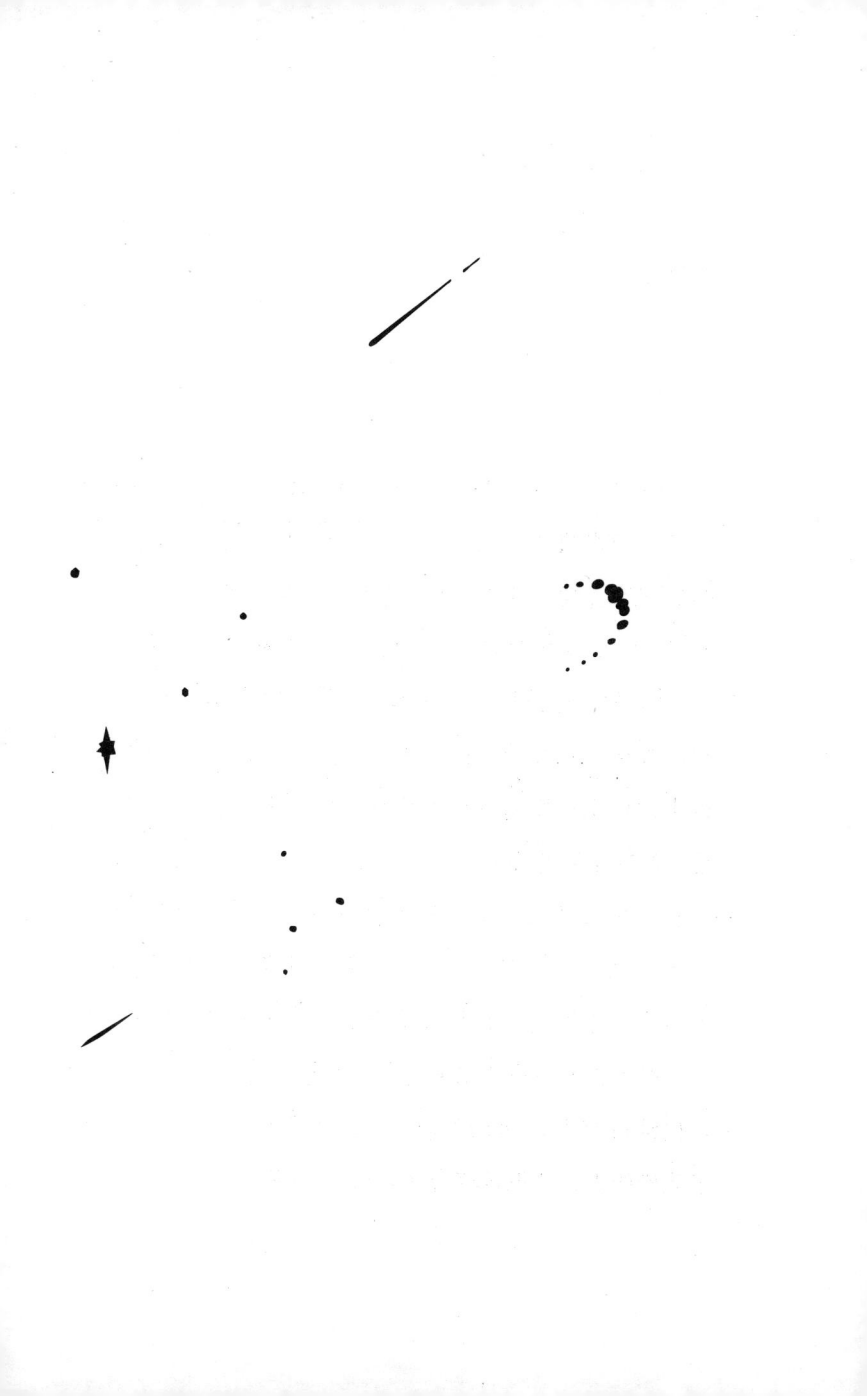

张进步

- 1982年生于山东，现居北京。1998年开始发表诗歌，诗歌作品曾发表于《诗刊》《星星诗刊》《诗选刊》《诗歌月刊》《绿风诗刊》《诗林》《诗潮》等刊物。
- 新世纪初活跃在西安的"解放"诗群主要发起人之一。
- 2002年起，作品曾入选多年的诗歌年选、精选等。另有作品被选入《中国新诗年鉴》《新世纪诗典》《1991年以来的中国诗歌》《中国先锋诗歌地图》《中国口语诗选》等数十种选集。
- 著有诗集《推门人》《再安静一些》。2020年9月出版《那天晚上，月亮像一颗硬糖》（百花文艺出版社），即将出版小说集《荒野故事集》。此外出版过长篇小说《缥缈情史》《再不相爱就老了》等各类作品。
- 提倡纯诗写作。2012年后，在写作的部分意象诗中注入了戏剧张力，并把这些诗命名为"意象戏剧"。

坐在无限星河之底

张进步 作品

中国友谊出版公司

图书在版编目（CIP）数据

坐在无限星河之底 / 张进步著. -- 北京：中国友谊出版公司，2021.1（2023.4重印）

ISBN 978-7-5057-5110-1

Ⅰ. ①坐… Ⅱ. ①张… Ⅲ. ①诗集－中国－当代 Ⅳ. ①I227

中国版本图书馆CIP数据核字（2020）第265632号

书名	坐在无限星河之底
作者	张进步
出版	中国友谊出版公司
发行	中国友谊出版公司
经销	新华书店
印刷	河北鹏润印刷有限公司
规格	787×1092毫米 32开 7.25印张 80千字
版次	2021年1月第1版
印次	2023年4月第2次印刷
书号	ISBN 978-7-5057-5110-1
定价	58.00元
地址	北京市朝阳区西坝河南里17号楼
邮编	100028
电话	（010）64678009

目　录

序·寻找道路就是我的道路　　　*1*

01 / 秋风巡回之诗

秋风巡回之诗　　　*0 0 3*

02 / 写了多年之后

荷　　　*0 2 5*

空中花园　　　*0 2 7*

看云　　　*0 2 9*

速写　　　*0 3 1*

平衡　　　*0 3 3*

写作　　　*0 3 4*

午后杂记	036
呼吸	038
写了多年之后	040
在厦门筼筜湖遇见一只白鹭	042
我和世界在玩捉迷藏	045
金箔·44	046
金箔·45	047
金箔·46	048
金箔·47	049
金箔·48	050
金箔·49	051

03 / 明亮的果实

雨夜寄少年	055
夏日终章	058
秋日	063
明亮的果实	064

俯瞰	065
亚热带	066
厦门，躺在一把伞下	068
海上的事物	070
厦门·白城沙滩	072
金箔·50	075
大地上的灯火	076
冬天的戏剧	077
图钉	078
初夏的一天	079
我放出一头猛虎	081

04 / 文学与社会

鳄鱼和青苹果	085
现代文明	087
敲门	089
寻隐者不遇	090

处境	*092*
写给崔澍的诗	*093*
深处的河流	*095*
文学与社会	*097*
我带着一节1号电池在路上走	*099*
一辆限号的车走在城市的道路上	*100*
鄙视	*102*
沙丁鱼	*105*

05 / 至暗时刻

2015年	*109*
混血孔子	*110*
台湾行程·化妆	*111*
微信时代的牛奶推销员	*112*
天堂驻人间办事处	*114*
美好的下午	*116*
飞鸟集	*117*

命名	118
太阳写生	119
冬日清晨	120
至暗时刻	121
故乡键	123
你看不到的光	124
他	125
对面	127

06 / 骑马打仗

带血的蛋	131
骑马打仗	133
除魔卫道	135
你说巧不巧	136
我知道我为什么爱你了	138
发现	139
街景口占	142

街头剪辑	*143*
黑袋子	*144*
留言	*147*
白毛女	*149*
孙子兵法	*151*
雨天的一件小事	*152*
鄂尔多斯归途·过山西静乐县	*154*
鄂尔多斯诗行·马粪玫瑰	*155*

07 / 李白

少年李白：月亮其心	*159*
明月出天山	*162*
北冥有巨鱼	*164*
少年李白：磨杵成针	*167*
无人知所去	*169*
山中问道	*171*
不觉碧山暮	*174*

祭陶渊明墓	176
我寄愁心与明月	178
商人之子	179
酒隐安陆	182
明月赤子	186
燕草如碧丝	188
通天之路	189
狂风吹我心	192
大鹏一日同风起	194
云想衣裳花想容	196
灵魂战栗，前往夜郎之路	198
独坐远山	201
大诗人之魂	205

序·寻找道路就是我的道路

我有意错开黑夜，在某个清晨写这篇序言。

***

2020年1月，春节前的几天。

那时新冠疫情尚未爆发，我在香港休息度假。我习惯于到一个地方住下来之后，先去找找书店，似乎书店找到了，才算是跟一个地方对上了暗号、接上了头。这次也一样，住下来之后，我先到了位于希慎广场大楼上的诚品书店。我不是第一次来这个诚品书店了，我曾经在这里的旧书区淘到过很多当代优秀诗人的诗集，也淘到过一些市面上已经不太能见到的书。

不过这一次却有些失望，当我走到旧书区，并没有太多符合我心理预期的书。我于是有点儿漫无目的地在这家书店里闲逛，然后就遇到了"李白"——哈金写的《通天之路：李白》。

几年之前我就想写一部名为"李白"的诗，当我把这本书拿起来，有个开关便被打开了。就从这个1月，一直到3月底，我陆陆续续、一首一首地写"李白"，然后消息的阀门又突然在某一天关闭。

在这个过程里，我一直没有停止思考。最首当其冲的问题是：诗是什么？

从李白到今天的我，我们所写的东西，都叫作诗。但在形式上，其实我们所写的已经不是同一种东西了。甚至所谓旧体诗和新体诗的说法，都是敷衍的。新诗从诞生开始，和古诗就已经走上了两条完全不同的道路。中国新诗出现一百年后的口语诗，又是只保留了新诗的形式，对于其内容和表达又进行了一次扩充。

那对于我来说，如何给诗定义？我在写诗时究竟是在写什么？

对于我来说，诗就是我在咀嚼生命时尝到的滋味。这种滋味也许复杂，也许简单，是什么就是什么。我要写的诗，当然是生命中的这种意味深长之物，或者说是"纯诗"。我在我的上一本诗集《那天晚上，月亮像一颗硬糖》的自序中，强调了诗歌的玩具属性。这种玩具属性跟我今天所说的意味深长之物大概是同一种东西。当一个美丽的语言的瓷器被呈现出来，这种意味深长是她的灵魂，是她的风情，是她的气质。

但我所说的"纯诗"，又绝对不是在强调什么"血统纯正的诗"。因为所谓"血统纯正的诗"可能正是"纯诗"的反面。

***

几个星期前，我在给一位诗人朋友的信中说：

我已经有将近10年时间很少投稿，把写诗当作个人工作之余的精神享受，只给一小部分朋友读，这你大概知道。但最近这半年，也许是受到疫情的影响，也许是跟"跑调群"（一个由年少时就一起写诗的朋友组成的诗歌微信群）的朋友们在一起有更多的交流，我的思想有些变化，深觉写作还是要发表出来。一是所有的写作都是在传达和呈现，总是应该获得读者的；二是从个人写作的角度来说，还是需要一些刺激，让自己葆有写作的野心和追求。

过去将近10年的时间里，诗确实是一直在默默陪伴我。因为缺少一种"野心"，或者是心里有某种"悲观"，那时的我大概觉得诗只要写出来，这个过程就完成了。除了偶尔几首觉得得意的诗，会向有限的几个朋友"炫耀"一下。大部分的诗都是悄悄地写了，静静地存在电脑里。从此这些诗就像佛经里说的那样"色即是空，空即是色"，它们在某台电脑的硬盘里存在，但只要电脑没有打开，就失去了所有的声音、色彩和光泽。

但这些年，诗的写作却一直都在持续。

无意中我把自己隐蔽成了一个猎手，伏身在时代的草莽里，狩猎月亮，狩猎四季，狩猎城市怪兽，狩猎城市街道上的垃圾桶，狩猎城市楼顶的几架飞机和几朵云藻，狩猎着一个又一个风晨雨夕的意象。

说起意象，但其实这几年我在口语诗的现场却更多，而且也写了一些口语诗。其实回过头来，我自己也觉得奇怪，这些年我的写作一直是比较芜杂的。我似乎一直不能安于现状，让自己低下头来只写作某一种类型的诗。现在我有些明悟，也许是这些诗歌的道路于我而言都还不是最契合的，我一直都在寻找属于自己的那条道路。天下道路万千，或许我更需要遵循内心而行。

这样说起来，其实我是有野心的。

这几年在口语诗现场的经历，带给我的收获很大，主要是诗歌思维和世界观的东西。正是以此为根本，其他一些具体的写诗规则、技巧、方法论，我反而觉得无所谓了。按照自己对诗的理解，我可能会一直这么拉拉杂杂、泥沙俱下地写下去，因为寻找道路就是我的道路。冥冥之中，这种寻找道路的行为，又与我的名字之间建立了联系。

在《李白·大诗人之魂》的结尾，我问自己：

我不是你们
可我是谁？
或许我会终生追问

***

在这本诗集中，除收入了《李白》这部我目前为止最长的组诗之外，还收入了我的第一部长度超过200行的小长诗《秋风巡回之诗》。另外，这里面有三辑是口语诗，分别是第4、5、6辑。也可能在一些口语诗人看来，这三辑里面也有大部分算不上是口语诗。不过，这都无所谓了。

对我来说，非常认同自己不具有任何一种诗歌写作的"纯正血统"。因为口语诗写作目前已经是诗歌写作的主流之一,我多说几句我理解的口语诗。部分口语诗人认为,口语诗是建立在与抒情诗完全不同的世界观之上的一种崭新的分行写作。因此就决定了,并不是所有用口语写作的诗就是口语诗。口语诗人是希望通过对于诗歌版图的扩大,从而到达传统抒情诗到达不了的地方。

一方面我从以上的思想中汲取营养,改善我的诗歌质地和范围。另外一方面,我也认为,即便如此,诗歌的抒情性终究难以抛弃。毕竟一切文学都在抒情,只不过是以什么样的方式和温度罢了。在这个世界上,就我们感官所及的一切物体,都在或多或少地散发着红外线;而文学也和这些物体一样,于我们精神的宇宙里片刻不息地抒情。

当然,我深为我们这个时代的诗人骄傲。

我能看到一位位优秀的诗人正在这个时代徐徐升起,他们或许写着不同的诗,但他们中间很多人的诗都曾在或正在我的脑海中闪闪发光。

今年1月份,当我还在香港的书店里翻书的时候,我也曾寻找香港同行的诗。在香港这样一个经济高度繁荣、思想激烈碰撞之地,又有影响一个时代的大诗人坐镇,按说应该有很多诗句会像星辰一样亮起。但非常遗憾,我没能在香港诗人出版的诗集里得到这样的印象。

我这样说,并无恶意,只是觉得遗憾,更希望这只是我的错觉(因为毕竟不管在哪里,诗集的出版都不是一件容易的事,可能一些好诗人的诗集出版正在遇到这样的困境)。

诗应该是一个时代最高文明的展示。

我们所处身的这样一块大陆,正因为有着这些优秀的诗人星罗棋布,才更使其成为一块明亮的版图。哪怕今天并没有太多人知道他们、关注他们,但在浩无际涯的时光荒原上,我相信一定能看到这样一座辉煌的人类诗歌城池。就如我在《李白·狂风吹我心》中所写的大唐长安那样:

当我正要朗照大地

山峦突然烟岚四起

远处,一座灯火通明的城池

如同通天的美梦一样凄迷

大唐长安
那一定是你
你这个在千秋岁月
万里疆域
曾无数次刮起狂风的
伟大城市

那样一个辉煌灿烂的大唐,也因为映照着唐诗的万丈光芒而更加璀璨动人。一想到这里,我便常常胸怀烈火。

张进步

2020年9月30日于北京

01

在生命的暮色里
他看着一群秋树
扬起了枯黄的鬃毛
在西风古道上狂奔

秋风巡回之诗

秋风巡回之诗

一

我的身体有个暗门

那是季节要求造物者

留下的通路

具体地说就是

当立秋这座隔离的高墙

刚刚砌上还带着热气的第一块砖

我的鼻子就开始以堵塞回应

砖从我的鼻腔开始垒起

从此我与四季

共用同一具身体

由我指挥的这具

四季也在指挥

而由四季指挥的那具

我也在其中运行

巨大的星球与幽微的星球之间

唯一的连接之物流动着——

那浩浩荡荡的秋风

二

秋风一次次抚过我金色的肺

秋风对它的定义是两片叶子

在我体内的大树上

采集光线并且转化光线

我对它的定义则是神

在五行中以金为名的

不朽金身

因为被秋风打磨

它披上了光芒

再把我的诗句一行行点亮

这当然不是第一次

有诗行被秋风点亮

如果沿着秋风吹过的弧线上溯

时间就未免过于久远了

三

让我们把时空的坐标

定位在公元753年

李白站在宣州城的高楼上

操练着秋风的阵型

他提起那杆青莲笔

就像举起了如意金箍棒

呜呜的秋风刮起来了

令他想起十年前

自己被安排去做

那劳什子的弼马温

——也或者叫翰林待诏

想到此处

他终于忍不住抡起了那杆如椽之笔

一滴墨于是扬起

在秋雁那凸透镜的圆目里

陡然放大

裹住了那场

名为"今日之日"的万里长风

当它叮叮当当地落在纸上

已变成叫作"昨日之日"的琥珀

而昨日之日

早已扬尘而去

带着抽刀断水的决绝

四

秋风的逡巡使

踩着盘旋在半空的落叶

哪里有落叶

哪里就有道路

哪里有道路

哪里就有彷徨失路之人

哪里有彷徨失路之人

哪里就有被秋风点亮的灵魂

五

那个秋日金黄流脂

如鸡肉一般肥美

而你,却在煮一壶秋风

那是一壶冰冷的劣酒

吞下去却有一种

难言的滚烫

在爱喝慢酒这件事情上

东坡居士,你是出了名的

于是你把凉酒烫热

又把热酒放凉

于是你把凉酒烫热

再把热酒放凉

于是你把这满壶的秋风

烫热

这一阵秋风

就开始

鸣廊

醉后世事是一场大梦

醒来人生却几度秋凉

醉后醒来的你

被劣酒上头

你皱了皱眉

那壶被放凉的秋风

就冻结在你

星星点点的鬓角上

哦，苏东坡

那是在那个

让人难以忘怀的11世纪

日晷的指示针

用阴影覆盖着的1080年

你在黄州

神宗皇帝在汴梁

六

秋风，有时你是猫

秋风，有时你是蛇

秋风，有时你是马群

秋风，有时你是鹰隼

秋风，有时你是大炮

秋风，有时你是女人

七

秋风，有时你也化身为顽童

至少在那个老无力的杜甫面前

你就曾爬上他那橡

求亲告友才勉强建成的茅屋屋顶

并把他屋顶的茅草一根根薅走

就像薅着他那

稀疏的胡须

无意中

你却给这悲苦的老杜

打开了一片星空

当他跌坐在无限星河之底

这片破碎的礁石和杂乱的水草之间

那个大唐王朝

就像一座

在宇宙黑暗森林中伫立的

神秘信号塔

用如麻的雨脚

发射着冰冷的信号：

尔等诗人

尔等只会在乌托邦里

建立高楼大厦的人

已被无尽的时空

抓了壮丁

并征尔等为

文明的领航员

八

秋风正在翻动书页

以此来决定

这一次的粉墨登场

将出演什么角色

秋风曾经是小说家

秋风曾经是打铁匠

秋风曾经是号丧者

秋风曾经是夜行客

而这次,当秋风莽撞地

翻至公元第1059页

读到了那篇《秋声赋》

瞬间便决定要做一个音乐人

九

我叫欧阳修

我乃参知政事

我是个多情人

我也是一位辨音师

就在那个暮年的秋夜

我找到一种声音

却始终无法辨识那种声音的来源

我开始从秋风的

发声器官进行检阅

呜噜噜

呜噜噜

我研究了一夜

那秋风所吹之物,究竟是何乐器?

当小书僮用鼾声

敲击着夜色

那孤独的波纹

令我忽然明白过来

那因被秋风吹动

而呜噜呜噜呜响着的

原来是我多窍的心脏

十

是马就能致远
我曾跑过迢遥的旅途
但直到那场秋风扬起
我才停下脚步
凝神做秋日之思:
我不是骏马
我是秋蝉

十一

最后一次
他又伏身在那棵大树上
痛饮了一杯树汁
秋风吹着他脱下的蝉蜕

发出思乡的嗡嗡回音

可他飞不动了

在他的翅膀上

缀满了露水状的仕途痕迹

眼前的小桥

已在流水中变形为

一道拉圆的弓弦

射出了那枚夕阳的弹丸

瞎眼的乌鸦惊叫着

用凌乱的黑羽

遮蔽天空

在生命的暮色里

他看着一群秋树

扬起了枯黄的鬃毛

在西风古道上狂奔

那些树将会代替他

走过天涯

回到故乡

十二

十九世纪的那场风源自于布拉格

他曾为风定下了规则和法度

他用一面流动的旗帜作为显影液

让风，这宇宙间的无形之物无所遁形

在他因认出风暴而激动如大海的那年

他就预感到了自己也将成为风暴

在未来的心灵上空一次次狂飙

——那是一场秋日之风

十三

秋风落在了十三上

在西方,十三是不祥之数

在东方却被解读为爱情的密码:一生

里尔克,那位被玫瑰刺杀的诗人

此时正坐在十三的枝杈上

建筑他孤独的巢

他曾长出翅膀

想要走进天使的序列

但没有任何一个天使

回应他的呼喊

而寒意随着季节加深

在诗人的脖子后面

像落叶一样徘徊

谁此时没有房子,就不必建造

就举起翅膀,飞

飞成一场秋风

当他用凛冽的秋风

吹过远方的牧场

那个秋日在时间的枝头熟透了

散发着迷人的酒香

十四

这些诗人,一生都在搬运空气

得到的唯一报酬就是一场场秋风

那鬼斧神工的完美之物

从古至今,唯有艺术一词

勉强可以将这无形的创造之物形容

十五

再一次,秋风撒下黄金

因为黄金太多就有了生锈的黄金

因此它又撒下火焰

用以冶炼生锈的黄金

我说的是那些树木

以及那些和树木一样

在秋风的舞台上光芒四射

而又生生不息的角色们

十六

二〇二〇年九月的一天

我在阳光下打了个喷嚏

今年的秋风就刮起来了,我全身的

毛孔都偷偷打开,又关闭

我的身体有个暗门

在这扇门后就是浩瀚星空

我从自身的镜头看出去

宇宙是一个万花筒

(2020.9.19)

02

写了多年之后

河水用粼粼波光在呼吸

树木用投在地面的影子在呼吸

低矮的楼房用楼顶瓦片的鳃在呼吸

摩天大楼用避雷针的触须在呼吸

街道用汽车和人群的流动在呼吸

荷

当我用绿手掌托着露珠的时候

一只蜉蝣不断地撞击着我带刺的茎秆

于是我把沾满露水的红色心脏也升了起来

一群青蛙在浅水里随着我的心跳唱歌

于是我又举起自己的头颅——装满种子的头颅

一只站在芦苇上的翠鸟对着湖水的镜面发呆

于是我便剥开了自己的莲蓬头——拿出灵魂：

几颗小小的小小的用苦心凝聚的露水

（2020.8.4）

空中花园

上午我在看花

和王阳明的看法

截然不同

当我闭上眼

花朵开成了

一座花园

下午我参观

空中楼阁

走上那位国王

搭建的通天塔

默想他用了

何种轻盈之物

架起底座

又用了什么

坚硬之物

作为梁壁和柱础

也有人向下

挖出过一口池塘

不久后凭空

生出鱼群

当我开始写作

野鱼群就会

荡起波纹

(2019.12.20)

看云

我盯着落地窗外的天空发呆

最近天气好得过分

在天空这座大教堂

那湛蓝色的穹顶上

缀满了中世纪的油画云

当我回过神

才发现在我的桌面上

手机也正用它那黑色的屏幕

看着天上的云朵

还有我一早打开的玻璃窗
还有我中午倒进瓷杯的清水
好多好多我没想到的眼睛
都和我一样
正在看云

(2020.5.27)

速写

一盆君子兰摆在

我书橱一角的花架上

直到这个下午

我才第一次

静静地注视它

这令我回到某个

年少的夏日

那条与记忆一样深

且清澈的小河

小河里的水草

如夜空一般墨蓝

向上旋转着旋转着

升腾起来

这一刻

我置身于水底

有游鱼一样的

漫无目的

和游鱼一样的

怡然自得

(2019.12.18)

平衡

我从脑袋里

拆下一块砖

我往诗行里

补上一个字

(2020.3.18)

写作

坐在树下

等松脂坠落

松脂是比灵感

还稀缺的资源

噗的一滴

把这个想法包裹

噗的又一滴

那是一个正在飞着的什么

也被捕获

并且固定

后面的就交给时间了

谁都知道

只有极少数

会成琥珀

坐在树下的那人

还在等

等一滴巨大的

能把他自己也包裹的

松脂

(2020.1.28)

午后杂记

瓷笔筒。

枣木杯垫。

铜香炉。

陶土做的鱼化龙。

从日本来的铸铁的小狗、小猫。

有一颗美国芯的苹果笔记本电脑。

我不知道它们在我的桌面上

是不是也拥有生活。

但在鸡翅木的桌面上

我看到一个个漩涡。

那大家的遭遇就都一样了

不管你来自哪里

不管是在阳光投注的日子

还是在阴云随机变幻筹码的时刻。

有人选择在鸡翅木的纹理漩涡之外

伸头探脑地描摹

而我要跳进来写。

并且必须像一个浑蛋那样

写下去。

（2020.1.3）

呼吸

冬日阳光下

河水用粼粼波光在呼吸

树木用投在地面的影子在呼吸

低矮的楼房用楼顶瓦片的鳃在呼吸

摩天大楼用避雷针的触须在呼吸

街道用汽车和人群的流动在呼吸

小汽车用"沙沙"的响声在呼吸

阳光下的一切都在呼吸

我背靠的椅子也在呼吸

我搭脚的桌子也在呼吸

我在呼吸

用我的发梢在呼吸

用我的鼻梁在呼吸

用我下巴的阴影在呼吸

用我起伏的胸腔在呼吸

用我摊开的双手在呼吸

用我交叉的双腿在呼吸

用我若有所指的脚趾在呼吸

用我的全身

在阳光下呼吸

阳光的银针随着我

屏住的呼吸

扎向人间

人间在呼吸——

一个女孩正在走出大楼的阴影

用她红色的衣服在呼吸

（2020.1.12）

写了多年之后

在我的写作中

出现过很多次

墓碑一词

写了那么多年之后

我才反应过来

我们那里的人

坟前并没有墓碑

出殡的队伍一片雪白

把逝者留下的痕迹

沿着道路一行行涂改

走在最前面的孝子

手里拿着一截

刚从柳树上裁下来的枝条

插在潮湿的坟前

有的枝条成活了

人们看到那棵树

就会想起那座坟

但大多数的枝条没有成活

还记得在平地里埋着座坟墓的人

也早已看到了自己的归途

把姓名留在人世间

真是件碰运气的事

（2020.3.14）

在厦门筼筜湖遇见一只白鹭

当我们拨开

公园的叶子

从自身的嘈杂里

一步跨出

眼前出现一片湖

刚坐下

湖面便飞来

一只白鹭

我赶紧拿出手机

不是拍照

我要写一首

现代诗

且慢！

白鹭不是现代诗

这一来

眼前的一切

便可疑起来

正在垂钓的人

不是现代诗

将要咬钩的鱼

也不是现代诗

这片湖水

怎么看都有

古典的抒情气质

只有湖上的工作船

带着马达

看着很像现代诗

我决定把白鹭抛开

写一写这首

可能的现代诗之船

且慢!

手机已经举起来了

我为什么不拍照?

写诗这件事

并不是现代诗

(2020.10.6)

我和世界在玩捉迷藏

我需要从纷繁的线索中

找出最独特的那个

意象。

当一首诗完成

有个声音就会从心底传来：

"这一局你又赢了，诗人！"

（2020.1.12）

金箔·44

人,在大地上晃荡

白天敲太阳这面鼓

夜里撞月亮那口钟

(2020.4.28)

金箔·45

想让自己的灵魂

一步步登临绝巅

你必须在生命中

先筑起那座高山

(2020.6.19)

金箔·46

邻居家的八哥

每天早晨

在阳光里

一遍又一遍地念：

"床前明月光"

（2020.6.24）

金箔·47

我还在写诗

和世界保持着

必要的对话

我还在写小说

我相信我对这个世界

有足够的耐心

（2020.8.2）

金箔·48

在每个没有诗的夜晚

听着虫鸣,或者耳鸣

在每个想起诗的夜晚

听飞机在黑暗中穿行

(2020.8.20)

金箔·49

当飞机像子弹射向远方
所有从机舱里出来的人
都散发着迷人的火药味

（2020.8.20）

03

明亮的果实

当我走进市场,走近一个个不同的满圆。此时星球运转到了一个人类触手可及的位置明亮地悬挂在树木垂钓的枝头

雨夜寄少年

雨夜想起了你

坐在老家南屋里的你

整个夏天都在听雨的你

懂得金蝉卸甲归田后将餐风饮露的你

了解青蛙一直在鼓噪建立荒草王国的你

那个雨夜你在想谁

那个青春期躁动的你

那个被蝉声惊醒的你

那个凝望着雨后乌蓝天空的你

那个把村庄想象成一枚海底巨蛋的你

你在雨夜想象过我

你肯定想象过我这我很肯定

你从那本课外书上想象过我

你从挂在墙上的那幅城市风景画上想象过我

你并不知道你将来有一天会成为一个这样的我

我在雨夜望着年少的你

你叹了一口气你开始孤独

你被孤独牵引着拿起了一支笔

你用笔在作业本上第一次写出了分行的句子

在你的句子里一行一行地下着雨并且有蝉声并
  且有蛙鸣

从此以后

只要是雨夜

我写的诗就全是抒情诗

我写的句子就都是少年的句子

你就一直待在我雨夜的身体里望着那个雨夜醒
   来的你

（2020.5.11）

夏日终章

一

在盛夏之年

写作夏日终章

不为预言

不为回到诗人

本来的祭司身份

只为一想到秋日

便有一味凉意

起于草尖

掠过树梢

在耳背后盘旋

二

当秋风挥舞着扫帚

把天空清理

雁群的侍卫队

便拉开了南巡的序幕

树木张开黄罗伞

为酷烈的帝王

抛撒着最后的金钱

三

此刻

夏虫正在我的窗外发电

嘈杂的声音里

热浪滚滚

工业时代的弃子

在草莽间

模拟工业

四

一想到那个年少的夏日

暧昧的香气涌起

便有镶着金边的乌云

暴哭！暴哭！

鹅卵大的雨拳

狠狠地砸着乡村的土地

这是预感到什么了吗

五

夏日里最有味道的

还是村头那条温吞的小河

当她的鱼子鱼孙

不断地在水面开出花朵

从那透明的花蕊里

散发出水藻咸腥的气息

那是这个操心的世界

初次向我介绍一位

刚刚性成熟的少女

六

那年的夏日是一个

葡萄园里的蔓藤

伸出了纤纤玉指的夏日

是阳光刚落在饱满的果粒上

就被风吹落的夏日

也是除草剂越过权力边界

为所欲为的夏日

当在天空飞翔的麻雀

突然变成了一枚枚鱼雷

对着土地投射

爆炸是无声的

一个新的时代就在

这样的寂静中到来

那个夏天结束了

也就永远结束了

（2020.7.31）

秋日

白杨林,秋日的金銮殿

秋风,那巡场的主考官

大雁,一个个鱼贯而入的新科士子

他们拔下一根羽毛就写:

愿秋日吾皇

千秋万世

愿吾皇的疆域

又高又远

(2020.9.29)

明亮的果实

苹果、蜜桃、雪梨、柑橘

每个季节我都能看到它们

唯独在秋季

我感觉它们与其他时候不同

当我走进市场,走近一个个

不同的满圆。此时星球运转到了

一个人类触手可及的位置

明亮地悬挂在树木垂钓的枝头

(2020.9.19)

俯瞰

我们的飞机正在下降
大地上的山峦
就像胡乱抛撒在海面的礁石
密密麻麻的贝壳吸附于其上
我知道那不是贝壳
是人类居住的房子
但实在是太像了,太像了
让我忍不住要这么想
更何况我们身边的白云
还在翻卷着一朵朵浪花

(2020.10.3)

亚热带

1

我被装进一个

蓝色的秋天

大海、天空、游泳池

深蓝、浅蓝、婴儿蓝

2

以前我的秋日礼盒

主要由红色和黄色装饰

难道是为了模拟那种

从枝头发出的热烈而复杂的叹息？

庭院里这些高大的树木

开满了红花和黄花

3

几只蜻蜓

忙碌地

采着水花

为眼前摇曳的游泳池

授粉

（2020.10.8）

厦门,躺在一把伞下

遮阳伞撑开之后

棕榈树也撑开了伞

凤凰树也撑开了伞

其他所有的花树都撑开了伞

接着,船在海上撑开了伞

山峦在海的一角撑开了伞

山上的凉亭撑开了一把中国风骨的伞

凉亭上的云也撑开了伞

云上的天空地老天荒地撑着它那把破伞

（昨天夜里还漏雨了呢）

每把伞都涂上了不同的颜色

每一种颜色都在这个中午流动

在海面流成了水，在空中流成了风

我在这阵阵熏风中醒来

头上是一把租来的伞

亚热带的气候工厂

还在不间断地生产着：

一片片叶子，撑开了伞

一只只贝壳，撑开了伞

（2020.10.8）

海上的事物

从我所住酒店的

阳台望出去

深绿和浅绿

深蓝和浅蓝

大海用不同的颜色

划分出一块块田亩

栽种下一些

意味深长的东西

整个下午

我都在为这些东西

辛苦地劳作

当斑斓的海面

被船只画出一条条

分行的直线

我的作物成熟了

我也曾在那样的稿纸上

留下过浪痕翻滚的句子

(2020.10.8)

厦门·白城沙滩

之一

出租车还在路上
我已看到了他
那个晃晃悠悠的
大海

他不再是那个
蔚蓝的

广阔的

被统称为

大海的

大海

他是在大山

和城市之间

独自逛荡的

大海

浅绿中带着

棕黄的

目光浑浊却

露出白牙齿的

大海

之二

一个大海

朝我走来

这个大海是我

多年未见的熟人

那么多年过去

看到它就让我

想起从前

但我却无论如何

也无法回忆起来

它到底姓甚名谁

（2020.10.9）

金箔·50

亚热带的温情

来自于天空和大海

两种蓝色之间的凝视

风是这种温情的

肢体动作

（2020.10.8）

大地上的灯火

从午夜飞行的

飞机舷窗往下看

黑沉沉的大地上

亮满了星斗

我就像一个星相学家

胸口滚烫

仿佛刚刚窥探到了

人类命运的一角

(2020.10.9)

冬天的戏剧

叶落树出

一个鸟窝

筑在"弹弓"上

——那个树杈

令鸟蛋破壳

射向天空

(2020.1.7)

图钉

雪地上

四个青灰色的

石头矮凳

把白固定在了雪上

(2020.1.8)

初夏的一天

河水表面平静

但日复一日的工作内容

早已令他心里长草

各种小杂鱼也不时地

在他的胸腔里翻腾水花

简单地说吧,他并不满足于

只扮演一面镜子

天空如此澄澈

每只雀斑都在

她瓷器一样的脸上清晰可见

今天负责把云幕

运送来的那个家伙

没能按时上班

阳光便把剧情

直接投射在了地球上

当故事进展到河水的时候

剧情终于暧昧起来

有个人沿着河岸

向前移动，路过的那些树啊

草啊电杆啊街道啊汽车啊

都是一闪而过的背景

他走去的方向就是大海

（2020.4.30）

我放出一头猛虎

我放出一头猛虎
老虎闯进秋天
秋日皮毛斑斓

你这个伤人的秋天
你这个会咬人的秋天
连我这心藏猛虎的人
都有意放马南山。

我放出一头猛虎

老虎闯进冬天

这是个白骨遍地的冬天。

(2020.1.4)

04

但我鄙视对这世界心存恶意的人
但我鄙视让这世界更加残酷的人
但我鄙视在人与人之间散播谎言的人
但我鄙视在人与人之间建起藩篱的人

文学与社会

鳄鱼和青苹果

在"盒马鲜生"

食材展示台前

我第一次见到

真鳄鱼

已被锯为四截

又拼成

完整的一条

我离近了去看

它张着大嘴

看起来非常凶残

为了让它的大嘴张开

有人在它嘴里

塞了个

青苹果

(2018.7.7)

现代文明

某时尚杂志编辑

在欧洲买了双

非常大牌当然也

非常昂贵的鞋子

穿着只走了十分钟

鞋就坏了

拿到店里去换

店员觉得

完全不可思议

质问她说

谁让你穿着它走路的

这鞋是用来爱的

不是用来穿的

(2020.1.30)

敲门

当久坐于

工作的桌子后面

陷入僵局

我就会左右

转动脖子

舒缓一下

疲惫的身体

这时一定有敲门声

咔咔地响起

自我脑后的

颈椎中传来

（2020.1.22）

寻隐者不遇

房屋中介带我

去北京一个

城中村看房

到了却见大门紧锁

但那家门口的自来水

还在哗哗流着

我说水都没关

人肯定走不远

中介说那可说不准

他们用水都是村里出钱

家家自来水流得

跟山泉一样

（2020.1.15）

处境

教画画的老师

在桌子上

摆了一盆铜钱草

让孩子们临摹

——画一湖荷叶

(2019.2.28)

写给崔澍的诗

2003年

22岁

你从我们这群朋友中离开

到现在也13年了

我从没写出过一首诗

给你

为此我有时自责

自责也写不出来

今天在一个微信公众号的留言里

看到一个叫"丁丁"的人

头像是你

——崔澍

你是不是根本

还在某个地方活着

所以我才写不出这首

纪念你的诗

(2016.12.30)

深处的河流

最近的三四年

我们最不顺心的事情

就是要孩子

最近三四年

我们也都嘴上说过要放弃

可是心里并没有

我不知道你

是怎么想

我总在想

如果某一天

我在你前面离开这个世界

一定要有个我们的孩子

陪伴着你

好让你的孤独

能被我们血脉的河流

冲淡一些

(2020.3.6)

文学与社会

程碧的中学同学
自从她做编辑之后
在任何场合叫她
都拖长了音调:
"大编辑——"

王有尾的中学同学
在他连续几天赶稿
没空在朋友圈

发诗时给他留言：
"大诗人，怎么不见你
忧国忧民了？"

我有个记不起姓名的
中学校友
前一段在我
于朋友圈发
跟疫情有关的诗时评论：
"感觉就像孔乙己"

（2020.3.8）

我带着一节1号电池在路上走

我用拇指和食指

捏着它的正极和负极

越走越有节奏感

走着走着

我走出了机器人的步伐

（2020.5.23）

一辆限号的车走在城市的道路上

我开着一辆限号的车在路上走

虽然它是白色的

却像一小滴污水混进了清水

虽然它是白色的

却像一只灰毛老鼠窜进了一场高尚的宴会

虽然它是白色的

一个个摄像头却把它拍成了一个个红叉

虽然它是白色的

却用黑色的轮胎在一条条道路上划过

就像用黑色的笔迹在一条条横线上写一本禁书
唉，虽然它是白色的
但确定无疑，它是糊在这个城市心脏上的一小
　块阴影

（2020.7.31）

鄙视

我不鄙视粗俗的人

因为我知道有些高雅是装的

我不鄙视无知的人

因为世界上的知识太多了

我不鄙视穷人

因为天上的财富偶尔也会随机撒落

我不鄙视笨拙的人

因为高智商喜欢犯罪而

低智商最多也就干些蠢事

我不鄙视跟我想法相左的人

因为我天生与众不同

我不鄙视狗

因为狗有很多种狗

我不鄙视猫

因为猫只是为了混口饭吃

我不鄙视地位不如我的人

因为我也未必尊敬地位高于我的人

我不鄙视残疾人

因为他们比我更熟知这个世界的荒谬

我不鄙视男人

因为我是男人

我不鄙视女人

因为我爱女人

我不鄙视孩子

因为我曾经做过孩子可对此依然一无所知

我不鄙视老人

因为我终将成为老人尽管我对此毫无感觉

我不鄙视生活

因为我看不透生活而总觉得什么都被生活

　　看穿了

但我鄙视对这世界心存恶意的人

但我鄙视让这世界更加残酷的人

但我鄙视在人与人之间散播谎言的人

但我鄙视在人与人之间建起藩篱的人

因为我的善良已经所剩无多

（2020.8.2）

沙丁鱼

挤上公交车

一道比喻劈头打来

拥挤即等于沙丁鱼罐头

一条在秋天换季中

鼻炎发作的沙丁鱼

此刻因为缺氧

正在我身旁

用粗重的呼吸刮着鱼鳞

好在车辆前进的方向

并非当地超级市场的

一格格货架

也不曾贴上定价标签

什么？超级市场？

格子间？定价？

只是不再按罐销售罢了

改为散卖：每一个有

每一个的价格

无论如何，这都是

个人主义的伟大胜利

（2020.10.12）

05

至暗时刻

二十一世纪的风
已经整整吹了十四轮
我正处身在一个
快速转动的椭圆形星球上

2015年

昨夜干了几杯白的

一大早爬起来

整个世界都在摇晃

哦,我让时间流逝了几秒

才忽然反应过来

二十一世纪的风

已经整整吹了十四轮

我正处身在一个

快速转动的椭圆形星球上

(2015.1.1)

混血孔子

老家济宁

举行祭孔大典

全球的孔氏

都回到了曲阜

其中有孔子

在海外的嫡系后裔

忘了是

第多少代

黑眼金发

叫威廉·孔

(2017.9.27)

台湾行程·化妆

到了台湾才发现

厕所不叫厕所

厕所的门牌上

一律写着

化妆室

每天我都要进去化妆几次

出来的我

努力装扮着

文明人

(2013)

微信时代的牛奶推销员

我订过他三个月的牛奶

后来出门一阵

就暂停了

又过一个月

他在微信上

给我发来信息

"这个月还订奶吗?"

我回过去

"好,继续送吧"

却显示

"消息已发出,但被对方拒收了"

他肯定是忘了

已把我列入

拒收消息的黑名单

但他此后每个月

都不忘给我发来订奶的信息

(2019.2.21)

天堂驻人间办事处

就在我所住

小区的对面

每天我走过那条街

远远会看到

天主教堂

高处的十字架

继续往前

近了则会看到

一家成人用品商店

我从没想过

它们会有交集

直到那个午夜

我在这无人的街头

闲逛

哦

那是成人用品商店招牌

发出的橙黄色光

静静地映照着

天主教堂

（2017.8.8）

美好的下午

多么美好的下午

我无所事事

不知该如何表达自己的欢愉

我决定让自己竖起

红尘的天线

与这美好的世界发生关系

(2014.12.27)

飞 鸟 集

我想办一场市集

名字就叫飞鸟集

（2020.1.8）

命名

现在我对着天空

决定为游弋于其上的

机器命名:

飞机鱼

并为漂浮于其上的

絮状物命名:

云藻

(2020.9.3)

太阳写生

早晨,懒洋洋地躺在床上

看着窗外初升的太阳

刚想感慨真像个大蛋黄

妻子拉开了窗纱

巨大的蛋黄砸了过来

糊我一脸

(2020.1.14)

冬日清晨

一大早刚出小区

遇见三位老僧

等我买好包子回来

他们正走过前面

楼群遮蔽的路口

当我走过路口时

三位老僧不见了

路旁站着三棵

塔一样的老松

(2020.1.5)

至暗时刻

1997年初夏

几个同学在足球场上玩

我向上跳起

去够球门上的横梁

却双手打滑

后脑勺磕在球门下的

一块石头上

迷迷糊糊中我站了起来

但在那之后长达

一天一夜的时间里

记忆走失了

直到二十多年后

我还在想

那天出现的黑洞

到底是怎样吞噬了我

并把我抛给了这个

谜一样的未知世界

（2020.1.12）

故乡键

从北京出发的高铁

说着普通话的一车厢人

在车刚进广州尚未停站

已不露痕迹地全部换成粤语

(2020.1.17)

你看不到的光

从太阳到地球

光只需要跑8分20秒

但很多遥远的星光

到你眼前时

那颗恒星早已死去

(2020.2.16)

他

他。他爱上了那片夜

他。他爱上了交朋友

他。他的床、书、沙发、关闭的灯和夜游的老鼠是他新交的朋友

他。他有一夜醒来发现自己又结交了失眠

他。他爱上了零食因为不抽烟不喝酒嘴里却总是索然无味

他。他爱上了嘈杂与嚎叫有时候便同嘈杂与嚎叫鬼混在一起

他。他喜欢长时间地和某样东西对视直到看得对方又虚弱又模糊

他。他近来吃饭的时候老觉得盐放少了，

油放少了，甚至味精、辣椒、醋都放少了而吃不下
他。他上网的时候开始不敢看美女图片以及与之相关的文字
他。他睡觉一点儿也不老实还说梦话梦里他大喊大叫有时把同室的人都吵醒了
他。他觉得一个人凌晨闲逛真过瘾真无聊真他妈不如被车撞了
他。他走在车来车往的街上开始不给车让路让车给他让路常被司机骂有病
他。他渴望真有病也好哪怕是患上失忆症呢痴呆症也行
他。他越来越不像他
他。他爱上了那片夜

（2001）

对面

对面住着

一位老太太

这很糟糕

早上

我只穿着内裤醒来

她正把头伸向

这边望

这让一个小男人

难为情

比如说

我还带着昨夜的残梦

她不会知道吧

秋天菊花

该开了

她的孙女

回来了

(2002)

06

骑马打仗

这种带血的蛋是第一次下蛋的鸡下的都说好吃有些老顾客特别喜欢

带血的蛋

穿过嘈杂的菜市场

我停在一个

卖鸡蛋的摊位前

准备捎些鸡蛋回家

这时我看到

几枚带血的蛋

被摊主挑了出来

单独摆在一旁

我不由好奇，问女摊主

带血的

为什么要挑出来

正在忙着的摊主

看了看我，笑着说

小伙子，看来你不懂

这种带血的蛋

是第一次下蛋的鸡下的

都说好吃

有些老顾客特别喜欢

(2011)

骑马打仗

我们爱玩骑马打仗
那时候我是孩子王

先是骑扫把
我们打
后来不过瘾
干脆骑人

隔壁的小宽
年龄最小
一群大孩子都喜欢
骑他做马

跨上大马

拿根竹枝抽着

驾驾驾

后来骑腻了小宽

小孩们都说

让新来的小坡当马

驾驾驾

那天小宽特别高兴——

"终于让我当人啦!"

翻身上马的小宽

驾驾驾

竹鞭抽得格外勤

(2011)

除魔卫道

微信上一个

不常联系的和尚

发来信息：

"阿弥陀佛

请勿回复

正在清理僵尸粉"

（2017.5.24）

你说巧不巧

一只鸟

从南边飞来

飞啊

飞啊

飞啊

飞啊

飞啊

飞啊

飞啊

飞累了

停在窗外叫

我早晨醒来

就听到了

你说巧不巧

（2001）

我知道我为什么爱你了

五百年前

我是一个恶少

那天你从

我家门前过

我一眼就看上了你

跑出门去

一直追到现在

(2001)

发现

18点56分

我一个人在大学南路上走

到哪里去呢

我数着路灯

一

二

三

四

五

六

七

八

九

十

十一

十二

然后

停在海星超市门口

还是不知道去哪里

我又数着路灯往回走

一

二

三

四

五

六

七

八

九

十

十一

十二

数完后我发现

上一次我数的

一

这一次变成了

十二

(*2001*)

街景口占

街边的大妈

刚吐出一口星星

绿化带旁的大爷

就尿出了一挂银河

(2017)

街头剪辑

街边,几棵老态毕露的树

被秋风灌入肺中

用枯枝不断地咳嗽着

吐落了几口黄痰

树下,一个染红发的少女

被那黄色的落叶击中

她举着手机

皱着眉头大骂:

"你恶心!你恶心!"

"有多远你给我滚多远!"

(2020.9.20)

黑袋子

去年底

我给某位

掌握了我

命运的人送礼

用黑袋子装了

一条软中华

礼送完

我就发现

手松不开了

总是紧紧

攥成拳头

只有当我把拳头

插进裤兜

手才会松开

裤兜里就

沉甸甸的

我一直想弄清

那是什么

可每当我

把手拔出来

它就攥得死死的

一年过去

我还是搞不清

那是什么

但可以肯定

那绝不是烟

我猜来猜去

只能想到

那是命运

我总想攥在

自己手里的东西

(2018.2.10)

留言

在手机上

看了条新闻

一只红隼

飞到通州

一户居民的阳台

筑巢孵卵

屋主怕打扰它

一夏天没敢开空调

空调外挂机

就在阳台上

红隼孵化小隼

飞走半年多

今年又回来了

在阳台上

下了五枚蛋

屋主怕它

没时间觅食

给它投喂羊排

和五花肉

真正让我动容的

是新闻下的

一条留言——

"别对它太好

别让它信人"

（2018.4.25）

白毛女

早晨

从我房间外

南广场上

传来响亮的歌声

"北风那个吹

雪花那个飘……"

我被吵醒

窗外

一群老太太

正随音乐

起舞

在明媚的朝阳下

白发

闪闪发光

(2018)

孙子兵法

那个我的仇人

在直接对我威胁

没收到成效

之后

通过一个中间人

传递消息过来

"他在打听你的住址"

(2018.11.10)

雨天的一件小事

站在酒店门口

老吴抽烟我看雨

一辆卡宴停住

下来个丰满少女

撑开粉红雨伞

上写着深红的字：

"祝干爹干妈生日快乐"

一个像干爹的人

熄了车

和女孩同伞走进酒店

老吴说

干妈呢

雨越下越大

老吴又抽了三支烟

想象中的干妈

一直没到

（2017.10.8）

鄂尔多斯归途·过山西静乐县

公路两边的山上

是一层层梯田

撒着绿色

像千层蛋糕

却是我不喜欢的

抹茶蛋糕

一想就悲苦

(2017.9.27)

鄂尔多斯诗行·马粪玫瑰

在锡林塔拉草原上

遇到一朵风干的马粪

一点儿也不像马粪

形似玫瑰花

我正要停下来欣赏

一只屎壳郎

从里面爬了出来

（2017.9.25）

07

李白

从此你身披光明
从此你夜夜徘徊

少年李白：月亮其心

你一生中

曾无数次写到月亮

你也曾把月亮写出过

无数种模样

最动人的那次

当然是在酒后

你真情流露

没能掩饰住

月亮与你

是同类的秘密

我歌月徘徊

我舞月凌乱

醒时同交欢

醉后各分散

这一切肯定是

在你四岁那年发生的

那一年你跟随家人

从遥远的西域碎叶

跨越辽阔的天山戈壁

跋山涉水地到那个

名叫青莲的地方去

一路上

群峰如树

青云似叶

月亮悬挂其间

是一粒明晃晃的种子

它从广阔无垠的

宇宙降临

扎根在你

同样浩瀚的心田

从此你身披光明

从此你夜夜徘徊

明月出天山

在天山出产的

众多玉石中

最好的那一枚

名字唤作明月

当它被精心打磨

再用几万里长风

吹去玉屑

最后从玉门关的

石头匣子里

把它取出来

挂上那片

云海茫茫的天空

它的光芒

足以令一代代看到的人

全都黯然神伤

北冥有巨鱼

公元七一一年

你刚满十岁

在自家院子的流水边

巧遇庄子

这个伟大的魔术师

他把一粒粒黑豆随手撒在纸面

纸上就凭空多了一个个意象

穿越几百年时光

在你少年的眼前

展开戏剧

一尾鱼从云彩的这头游进去
从那头出来就是一只鸟
张开翅膀就能飞

这只大鸟举起两只翅膀
瞬间就能飞上九万里高空
当它垂下其中的一只
侧身又能倒下整个大海的水

海水倾泻而下
在书上变成沙滩
各种文字的螃蟹在纸面乱爬

你的诗歌从此升起烟霞

而且有座大山突兀在海面

而且有枚月亮横挂在山巅

那是海上的仙山

那是仙山上夺目的仙丹

这仙丹溶化在你的诗里

从此你的诗歌仙气氤氲

写诗就是修真

少年李白：磨杵成针

还是十岁那年

在村外的溪水边

你遇到一位

磨杵的老婆婆

这肯定是命运

提前对你发出的

强烈警告

李白，不要心急

不管是干渴

还是投靠

往前冲得越快

你的生命

就被磨损得

越狠

一个个被世事

磨出的细小伤口

在那床前明月光里

滚滚发烫

总有一天

你会成针

令人想起

就很扎心

无人知所去

那朵名叫桃花的露水

在某天中午消失了

唯有她的气息还残留在枝头

那是初夏风雨欲来的气息

在花树之间,那气息里

藏有鹿鸣、钟声和小溪的喧哗

某一天竹林里的雾气升起

我从溪水下面听见了犬吠

人间的烟火就在那叫声中

与飞流直下的碧峰遥遥相对

我就正在去往那深山的路上

在三三两两的松树旁

用我的愁绪等候着缥缈的仙人

山中问道

你总是流露出

阶级和门第观念

可在交朋友时

又并不如此

当你拜下

隐居在深山的

那位赵蕤先生为师

春秋战国的游侠

就在你的骨头里

晃荡上了

所谓门第

所谓阶级

大概只是你在吹牛吧

李白,拥有高贵的血统

真有那么重要?

在这点上

我比你强

我毫不在乎

什么血统

什么出身

但仔细一想

我却不再自信

我有时想表现得

和什么人都平等

对什么人都友善

可又总是动不动

就显露出某种

按捺不住的厌烦

有些人就是

藏不住他那

灵魂的烟囱里

往外冒出的滚滚黑烟

李白，年轻的李白

我这么说

你同意吗

不觉碧山暮

以千山万壑的崖壁为琴身

松树张开了它绿色的琴弦

那个蜀地的僧人扬手一弹

琴声于是响起。那和尚其实

是一阵从山寺中吹来的凉风

远行客沉醉在这凉风的音乐里

他把自己那颗明月的心脏

静静地投映在流动的溪水间

心跳声就叮叮咚咚地撞响了晚钟

被这钟声惊醒的是小丫鬟绿绮
一阵凉风扑入她的怀抱
她垂下了蛾眉,焦急地呼唤着
我听清了她唤的名字:
一位是叫秋云的小姐
另一位是叫碧山的公子

可怜我这个远道而来的客人
在渐渐暗下来的暮色里
举着明月也没能帮她寻找到那对有情人
他们一定是藏在了某篇唐传奇的背后

祭陶渊明墓

这是公元七二五年的秋天
刚刚展开羽翼的你
一路御风而行
直到此处,你才俯下身来
李白,在五柳先生墓前
你看到了什么

你看到的肯定不是
你想要的生活

从一个鸡鸣狗跳的乡村

费尽九牛二虎之力

好不容易才跳出农门

跳进这工业文明的时代

现在要你去给

陶渊明守墓

你怎么肯干？

你我都汲汲于功名

你有你父亲的资助

但并非不求回报的资助

我有我父亲的债务

那割肉喂群狼的债务

我寄愁心与明月

杨花落在

子规鸟的叫声上

像忧伤的音符

在空中久久徘徊

听说比那五条溪水

更远的地方

就是你的

降落之处

我把担忧写成了信

交给月亮这位邮差

让它张开光芒之翅

随风翱翔

落在你的窗外

商人之子

我知道你为什么要
五花马,千金裘
呼儿将出换美酒了

我知道你为什么说
千金散尽还复来
烹羊宰牛且为乐了

因为你,是商人之子

一个连高考资格都没有的

下九流黑五类出身的人

（总是有那种特殊的时代）

千百年来一直如此

商人是被放牧在

这片大地上的羊群

白得让人伤心

对此，你父亲

肯定更有切身体会

因为你爷爷是地主

他连初中都不让读

（总是有那种悲伤的时期）

你受惠于钱

却痛恨着钱

你痛恨钱痛恨得

让千百年后写你的

我这个小商人心里

五味杂陈

酒隐安陆

在四川老家

你待得憋屈透了

没人欣赏你

虽然你知道

自己早就准备好了

于是你走了出来

从三峡路往东

走到宜昌路

然后向南绕一大圈

又到了湖南路

再经过河南中路

又往东看见了南京横街

以及扬州斜巷

你这才折转向西

来到一个地方

抬起头来仔细打量

安陆，就是这样

一座小酒馆

酒馆的老板娘

是宗楚客的孙女

你决定为她留下来

当然你也是为了

在这信息集散地

边喝酒边寻找机会

在这座小酒馆里

每个人来了

都坐在一张小板凳上

讲着自己的道理

但你就只是饮酒饮酒饮酒饮酒饮酒

有鸡就吃鸡

有鱼也吃鱼

你还偷偷地

藏起了一架望远镜

但你却总忍不住心痒

时不时地就要把它拿出来

对着远处瞭望

结果，一切你想望见的

全没看到

唯一的成果

是你把月亮望出了

一千个新鲜的角度

但其实任何一个角度

当时的你都并不在乎

明月赤子

总是在夜里涨奶的月亮

沉甸甸地挂在天上

乳汁洇湿了一大片

绣着彩云的衣裳

千万年来

月亮的乳汁一直喂养着

两种不同的赤子

诗人和仙人

就在这个中宵

就坐在那张思乡的胡床上

你又举起头来

吮吸

你又低下头来

吟哦

燕草如碧丝

当那个名叫

燕草的女子

倚在栏杆旁

肝肠寸断地

在风里吐露

她的情丝时

那个名叫秦桑的男子

也在塞外的寒风里

垂下了他的枝头

有一只蚕正在

啃食他心形的叶子

通天之路

公元740年

你终于把家搬到了兖州

并写诗嘲弄了

山东的那群腐儒

是思想散发着霉臭味

却让人难以下饭的

那种腐儒

咱们这算是扯平了

十六年前

我也曾从老家济宁的

兖州站坐火车

到你的家乡蜀地益州

去工作生活

也曾笑话过四川男人

是耙耳朵

这当然是玩笑话

你肯定不怕老婆

你在山东至少曾和

两个女人同居

最后却把人家

都当作保姆

你还骂其中一位是愚妇

李白，李白

你想没想过

如果你是在攀爬天梯

路上遇到的每一个女人

都是仙女

狂风吹我心

来自京城长安的客人
你知不知道
我的心脏长得
和别人都不一样
它像一轮明月

有一夜突然刮起狂风
我的那颗心啊
被吹到了天上

它随风起伏，在云中飘荡

最后斜挂在咸阳城外

那棵参天大树的树梢上

当我正要朗照大地

山峦突然烟岚四起

远处，一座灯火通明的城池

如同通天的美梦一样凄迷

大唐长安

那一定是你

你这个在千秋岁月

万里疆域

曾无数次刮起狂风的

伟大城市

大鹏一日同风起

秋天正肥

诗人,快来喝酒

那新酿熟的山中白酒

秋天正肥

诗人,快来吃肉

那金黄如黍米的鸡肉

一边喝酒

一边高歌

边喝边舞

儿女相依

这样的日子可真好啊

但我还有

抱负如烈酒

片刻不能将息

眼看时间不早

长路和天马

怕都等急了吧

我在这江湖草莽之间

仰天大笑

由一只鲲

化身鹏鸟

扶摇直上

冲天而起

云想衣裳花想容

云在想念自己的衣裳

花在想念自己的容颜

它们都被一个女人借走了

那是在某个春日的午后

她一借不还,花枝招展地

在风中探出了宫殿的栏杆

云脱掉衣裳就是雨

花摇落容颜就结子

这一切都和男女之事相关

现在说到了这个男人

他在君临天下之后

又登上了群玉之巅

这一对男女啊

在月光下的瑶台上

仅靠着一口露水止渴

灵魂战栗，前往夜郎之路

李白李白

永王之乱

令你心乱

而流放夜郎之路

让你心慌

你的自辩书

一封又一封

扑扇着无奈的翅膀

拼命地向着

新皇登基的

花团锦簇处飞去

你还以为自己

是在治国平天下吗

结果人家

不过是在争家产

壮丽的河山

一代代家传

李白，其实你

比谁都明白

但你实在是

太想建功立业了

这世界递给了你

一把锋利的宝剑

却又迟迟不愿意

赏赐给你

那一颗颗

大好的头颅啊

独坐远山

在你与敬亭山

相对无言的那一年

身为监察御史的族叔李华

前来监察你的诗歌

你因此为他写下

"长风万里送秋雁"

你的御史叔叔

还给你带来了一本

京城中正在流传的

《中国当代诗人诗选》

不，确切地说应该是

"盛唐诗人二十四家"

它有个不知道

算是学院派

还是民间派的书名

叫《河岳英灵集》

你从中找到了自己

在入选的诗歌首数上

你排名在王昌龄、王维和常建之后

我估计你不服气

你找了又找找了又找

也没有找到你兄弟杜甫的名字

主编更是这样评价你

李白这个人呐

缺乏克制

写东西也总是

东一榔头

西一棒槌

并且他常年居住在乡野

感觉这人不大合群

千年之后

让我替你再来回望

这部诗选，里面

有些人的诗

早已在岁月里湮灭

也有些人留下了

不多的几首诗

这都是因为

有一位名叫时间的主编

他是动了真格地在筛选

他不但把你

选为了头条诗星

而且还给你做了

置顶推荐

此外还有个消息

不知你怎么看？

那位曾经一首

也没被选上的杜甫杜子美

在时间主编这里

受到了青睐

而且时不时地

他还会顶替你

被置顶推荐

大诗人之魂

有人说你律诗写得不好

所以不为时人所重

是吗？千百年后

你尚有律诗

一百二十首传世

如果不是样样精通

又怎能做到信手拈来

难道只能剑走偏锋？

难道只靠灵光闪现?

又有人说,大诗人
要具有这样的思想
还要具有那样的格局
我相信你听了
也只会笑骂一句
这瓜娃子就是个
妄想做大师的傻蛋

诗的灵魂交错纵横
诗的道路日月分明

面对你的自由灵魂
就像面对
米沃什的幽微精深

就像面对

苏东坡的自在天成

同样让我忧心

我不是你们

可我是谁?

或许我会终生追问

（全诗2020年3月23日完成初稿；

2020年8月27日晨定稿）

全国总经销

捧读文化
触及身心的阅读

出 品 人	程 碧
特约编辑	孟令堃
封面设计	陈旭麟@AllenChan_cxl
内文排版	捧读文化·冯紫璇

新浪微博　京东专营店

出版投稿、合作交流，请发邮件至：innearth@foxmail.com
了解新书，图书邮购、团购、采购等，请联系发行电话：010-85805570